耳の笹舟

石田瑞穂

思潮社

耳の笹舟

石田瑞穂

思潮社

装幀　奥定泰之

耳の笹舟　目次

字に千理あり　音に万理あり

——空海

耳の笹舟

雪風

目をつむるみたいに
耳もつむれればいいのに

最初は雪のせいかと思った
あたりが急にしんとしだして

冬鳥　銀狐のトロット　明けの星の瞬き
物音がまったくとどかなくなった

窓の外　夢幻の園から舞い降りる
小鳥の和毛のような雪の純白が

世界中の音という音を吸いとってしまったのか
そう錯聴した

静か　というのとも成り立ちがちがう
耳のなかがどこまでいってもまっ白で

耳朶を両手でおおっても
白さの度合いはますます濃くなってゆく

裸麦の海面をざわめかせ
コガラたちの弾丸が飛びたっても

グレイッシュな世界のなかで
鉄と水と音だけが凍りついていた

新聞と詩のなかでは株価のそよ風次第で
子どもたちが住む家をなくし爆弾が落とされるのに

そうか　言葉は魂だけじゃなく
耳まで傷つけていたのか

こころをつむるように
耳も蕾をつむるのか

ながい夜汽車の旅もおわりかけた
朝焼けの午前五時だというのに

前の席では東南アジア系のふたりの若い僧侶が
ささやくように手話をかわしている

それは　聴いたこともない響き

草や花や星が空へたちふるえているような

さらさらした途切れのないふしぎな言語
皮膚のしたの国境線から吹雪いてきた

どこにもない国語
水に消える水に　形を変えた　雪風

土曜日

白い息が灰色の空気にたゆたっていく
ロンドン中心部
今朝の気温はマイナス十三度
世界創造にはどこか
深刻な手ちがいがおこっていて
実在の神も神の不在も責めることはできない
病院の庭を歩きながら
人間の不服従についての
言葉を書こう　奏でてみようとする
楽園からの失墜
シロツメクサたちの

下降する音形
オーボエ　7音　9音
寒さで足は感覚がなくなり
患者用の小径を踏みしめるリズムで
イングリッシュホルンのG音から
リタルダンド
晩い秋の
クロウタドリのように舞いもどる下降音
凍った固い土に跳ねかえって
対位法で上昇するチェロの鏡像イメージ
ゆるやかな曲線をえがいて視界から消える
踏み荒らされた階段が浮かんだ
「あいつもいい女だったのに」
「鏡に映った自分の顔さえわからない」
いつだって音が感じさせるのは
手のとどかないものへのふとした憧れ

ぼくはおぼつかない指で
自分の頬骨にそっとふれてみる
喉を甘美なものでつまらせそうになりながら

失聴

小鳥たちも眠る金属的な時間

ピピチュピピ　チュ
ピピピ　ピピチュピ

やがてスズメが暁とコーラスをうたい
黄金の声の雨粒から新鮮な空が落ちてくる

ピィーッ　ピーヨウ　フィッ　ツーイ
フィッ　フィッ　フィーッ

アカハラとモズが高速で
青雀と柿の燃焼するトンネルをかいくぐり秋陽色に窯変した
紡錘形たちは
もう空中レスリングをはじめて

ジャーシ　ジャーッ
初夏とはちがう氷島の舌で
オナガが鳴くと雨が降る
キリ　キリ　ビィーン
かくれた枝先で音の螺子を巻いたのは
この冬一番のカワラヒワ
あとぴったり
二十日で霜柱がたつ

天気予報士は野鳥たち
カレンダーは果実

いつかそんな世界に生きてみたい

ちいさな発光と影りが
いれかわりたちかわり
目と耳をあざむき　からかっては音ずれ

目をとじれば
異語の波におし流されるがまま
立冬の庭は消え

ぼく　と発話する言葉の存在も
一語の音の浮木

四季のおわりを告げる
はかない絨毯にしたたった
音のしずくにすぎない

たぶん　いま
地球上の半分の鼓膜をひっかき

空気の筋をたがえさせ
名と形容をひき裂き

さけび声と翼の騒音で
朝のリズムをほしいままにしている
鳥語のトリルやアレグロ
今朝
その影が晴朗なブルーインクにのって
わきめもふらず親指から人差し指へ
人差し指から親指へと重みをうつしながら
原稿用紙の葱色の升目のなかで

青く光る軽い羅針に
そっとのしかかるのを
聴くともなしに　聴いていたのだった

ひたすら異音の海の果てをめざす
羅針に言葉をゆだね
その磁針が眠りながら身じろぎする
小鳥を思わせた刹那

耳の奥でなにかが飛び散った
それから
突然　きらきら光る羽をくわえた鱒みたいに
世界の見えない半身が
あっけなく雲隠れてしまったのだ

自分の肉体から湧きおこったはずなのに

あまりに他者である出来事
ぼくは書きかけの空白の上空で
思いがけない　音のずれに

ふるえだすペン先を凝視しながら
なんとか帰巣しようとこころみる
黙ったままの耳を
旋回するように凝らして

耳鳴り

何日かぶりで耳鳴りがした
それは遠くから
思慮深く漂いはじめ
耳管を伝って音ずれ
ついには全身を
すっぽりつつんでしまう
そうなったら
どうすることもできない
内なる嵐が早く
たち去ってくれるのを
待つしかない

ぼくはホテルのベッドのうえ
まっ白で清潔なシーツの
しわと襞の砂丘に横たわり
灰の味のする金色のスコッチを
ゆっくり口にふくんで
錠剤を血液の河へおし流す

幻聴の入道雲の中心に
全身で耳をすまし
精神の気圧の高低や
音色の透明度を
一音漏らさず聴きとっていく
早朝のヘンデルでも聴くみたいに

地上二百メートルの

コンクリートと鉄でできた
ちいさな独り部屋の
窓枠に切りとられた
ちいさな空は青色の水に
満たされた湖のようで

霧が音もなくすべり
高層階の蛍光灯を吹き消してゆく
静けさのクレッシェンドにのって
水のなかを黒いカラスが
滑空していった

ぼくの耳は
無音と雑音の
荒波の透き間で
こらえている

ちっぽけな笹舟

いったいこの
やっかいで親密な
音はなんだろう

弦のないヴァイオリンの響き
落葉　秘境の滝壺
遺失されたトライアングル
古い磁気テープに録音された
蝶の羽ばたき

世界にふたつとない音

ゆえに
世界そのものである音

言葉と物には
置き換えられず
空気にさえふれない
この非言語は

軟骨の複雑なレリーフ
外耳道　鼓膜
かたつむり管
いりくみながら
繊細なカーヴをほどこし
内へ　内へ
万華鏡のような
花模様を咲かせる
聴きとりの地図
音というものは

迷うことから生まれる
とでもいうように

できることなら
両耳をとりはずし
部品をひとつひとつ点検して
溜まった塵は刷毛で掃き
曇っているところは
布で磨きあげたい
とさえ思う

こうして
耳の奥底について
とめどなく考えていたとき

ふと思いだしたのだ

ロイヤルマイルの
地下深くに隠された場所
ウェバリー駅からながめると
中世の低い建物が
岸壁のようにつづいていて
なかには人の手でつくったとは思えない
夾雑して長い距離の迷路じみた
居住空間がひろがっていた
小便臭い黴とじめついた影におおわれ
犯罪者やジプシーたちの
幽霊の吐息がまだ
すぐそこの闇に漂っている
昼の陽光も星の光もとどかない
迷路の空は氷がはったように
しんとしていて
その一点からはいまにも

粉雪が舞い落ちてきそうだった
ジキル博士とハイド氏を生んだ
直線の迷路
けだるい時の河の　ゆるやかな虜囚
本の背に刻された
題名だけが映しだす
一筋の忘却のかたち

その一番デリケートで
いりくんだ透き間に隠された
音の泉に掌をひたしたい

窓のしたには公園の噴水が見え
わずかに残ったビルの光を
濃い緑がとざそうとしている
若い母親が出口をめざし

ベビーカーをいそいでおすのが見えた
かごめ　かごめ
かごの　なかの
とり　は

そういえば今年は
鳥の異変について耳にすることが多かった
琉球弧では大量のスズメの死骸が見つかった
台湾からわたってくるヒヨドリも
今年はまったく見かけないという
東京にも餌台にアオジがこない
知床海岸には　シベリア　カムチャッカから
わたってくるはずのウミガラスたちが
油まみれになって漂着した
最近明け方に一羽きりで
聴いたこともない声で

美しく長くさえずりつづける鳥がいます
どなたか　なんという鳥か
ご存知ありませんか――
だれにも聴こえてはいないけれど
音の世界にもおおきな異変が音ずれている

ルームランプがほのかに照らす
ベッドにはだれも寝ていない

こめかみを揉んでいたぼくは
いつのまにかこまかく分解され
ビル全体に拡散してしまったのだ

世界というノイズが
鳴りやんだ瞬間
ぼくという存在も

存在ではなくなる

そんなふうに
排水孔を流れていってしまう
孤独をいつか見てみたい

耳鳴りに慣れなかった頃は
ただ気づかないふりをしていた
でもそんなことをすれば
耳の幻覚はとたんに爪をむいて
頭のなかを乱暴に
ひっかきまわすだけ

両手をさしのべ
抱きあげるまで
ぼくにまとわりついて

はなれようとしない
鏡のなかで鳴く
さみしがりやの猫みたいに

星をさがして

こころのこもったお見舞いの手紙をありがとう。とてもうれしく拝読しました。とつぜんの心因性難聴から耳が聴こえなくなってしまって五日が経ちます。外界の物音から肉体が切りはなされているときは、恐ろしさと、安らぎの、どちらにもほどけない感覚があります。五感が絹糸にくるまれてしまって、繭の内壁の白い記憶をいつまでも見ているよう。この音のない国にもすこしずつ慣れてきたところです。病室の窓ガラスから裏門に目をやると、ポプラの樹が三本、風にそよいで気もちを鎮めてくれます。反対に、アオミドロで汚れている泉水にぼとっぼとっと重たく降りかかる音のない雨のしずくは、この古い渋谷K病院、街中の病院の一隅に隔離されている自分の境遇が思い知らされて、なんだか視界がぼんやりしてしまうのです。

耳の病は「耳管水晶結石症」というのだそうです。この不可思議な響きの病名は、蝸牛よりも下側、耳の管に幻の石がつまる錯聴に由来するのだとか。とはいえ、若い担当医によれば、ほどなく退院できるとの由。治療は投薬が主でアデホスコーワを、間隔をおいて注射してもらいます。この薬が耳のなかで生まれた、こころの結晶体を溶かすというのだから、可笑しい。注射をうった日は、とりわけ誰かが廊下にじっとひそんでいるような、音ともつかない音が耳の奥底を谺しながら流れている。耳鳴りとまではいえないものの、奇妙な気配が頭の芯からはなれていかないのです。

1 音のない国について

音のない国、などと書いてしまいました。実際、一時的であれ、音をもたない者になったことで、ぼくは自分自身が外国人にでもなってしまった気分です。看護婦さんのさわやかな微笑もボードでの筆談も、なんだかとても遠い。そこにはいつも、目に見えない架空の国の閾がある気がします。病室には、難聴を患うふたりの患者さんがいます。言葉をかわすこともできなければ、耳も聴こえない者同士が空間と暮らしをわかちあうのですから、なんとも奇妙なおつきあいです。それでも夜には隣のベッドから寝息が聴こえてくる錯覚があります。看護婦さんいわく皮膚が人間の気配を敏感に察知しているのだとか。そう、この国では幽し気配こそが国語です。ふと頬を撫ぜる風。カーテンの透き間から忍びこむ銀の月暈。夕方の電柱の五線譜に一列にならぶ鳥たちは音の実。窓際で、紙コップのしめった香りのする珈琲を鼻先にもってくると、雨に濡れたり、西日に照らされている家並みの底から、潮騒やら群青色に波打つ海原やらが炙りでてくる。この国でぼくは、自分の身辺にみちあふれているさまざまな声のない気配に気づきます。

だから、きみの手書きの文字からは、きみの肉声が聴こえてくる、といったら嗤うでしょうか。お医者さんがいうには音は鼓膜における空気の振動、物質的な刺激だけでなく、人間の記憶に依存している部分がおおきいそうです。リーン、という音が聴こえると同時に、人間は無意識のうちに「ベル」を想起している、ということですね。ラヴェルではないですが、人間はなにかを聴く瞬間、なにかを思いだしている。よって、記憶のストックがそれほどない生まれたての赤ちゃんは、耳もよく聴こえないそうです。ぼくの大人の耳は赤ちゃん以下というわけ。

頭のなかにはいつも無音が響いているのかといえば、そうでもありません。人によってちがうそうですが、ぼくの耳のなかにはたえずシューッ、シューッ、パチ、パチという幻聴があります。ハイランド地方で聴いた、オーロラのたてる音に似ているかしら。耳のなかで夜が燃えているような。人間の脳と精神はまったくの無音には耐えられない、耳が記憶の力をかりて擬似的な音の世界をつくりだしているのだそうです。

便宜的にオーロラの音と比較しましたが、ぼくにはこの音がどんな音か、正確にはわからない。否。いまの話でいうと、思いだせないのです。ぼくを狂気から守ってくれている記憶そのものの音。その純粋な記憶を、ぼくは思いだすことができない。自分自身の記憶の声をいつか聴くことができるでしょうか。ぼくの体内で、孤児のままでいる記憶を。

2 星をさがして

そういえば、昨日、同室のYさんのお孫さんが見舞いにきて、すばらしい影絵を披露してくれました。それは赤や黄や青のセロファンとボール紙、かぼそい竹棒とでつくった鳥や花や星や人間や魔物たち。ぼくらも子どものころに工作した、棒で嘴や手足を動かすあれです。物語は「シンドバッド」のようでした。ハトロン紙でスクリーンをつくり、うしろから電燈をあてて影絵を動かす。すると、ハトロン紙から色が透けて見えて、すごくきれいです。３Ｄテレビの時代に、こんな単純な劇と仕掛けにあらためておどろかされて、その美しさに気づけたのは、健聴をくずしたせいもあるでしょう。声を発しない物静かな影たちは、ぼくの耳のなかの幼年からも踊りでて、音をなくしたこころにやさしく寄り添い、元気づけてくれたのです。

その夜はひさしぶりにぐっすり眠れ、ふしぎな夢を見ました。音にはうえへと上昇する性質があるそうですね。夢のなかでは、ぼくには聴こえない街の物音がアスファルトから羽毛みたくどんどん沸きおこって、夜空にのぼってゆく。

それからひとつひとつの音は、音楽の起源を、天の薄機（うすはた）にひろげたのでした。

セロニアス・モンクを聴きながら

for Jim Davis.

もう三日も猛暑がつづいていた
夕方からの予報は雷雨
夏のニューヨークはいつもこうだ
大気のかたまりも人間も
熱いのと冷たいのがぶつかる

店のなかは
多少ひんやりしていたが
だからといってなにも変わらない
バーのひんやりした涼しさは
孤独のにおいがする

それも漠然とした孤独ではなく
ぼく自身の孤独
ぼく自身のにおい

ジュークボックスからは
チャーリー・ラウズのテナーが
魔女のように甘く
損傷を負った優しさ（テンダネス）をささやきはじめ
アメリカの友だちであり
いまや千鳥足の若い詩人が
Ruby, My Dear をわざわざ聴こうと
五十セント硬貨をトスしている
銃声が壁にあけた穴を何気なく
薔薇と骸骨で編んだ十字架の
刺青をした親指でふさぎながら

ビールをチェイサーにしたボワジェ
ギムレットをチェイサーにジン
アイリッシュコーヒーを
チェイサーにバルビツール
みずからを薄めるために
みずからを儚くするために
言葉を断食するために呑む酒
それからあとは

拳（ナックル）の母音につづく手錠（バックル）
収監　刑務所
詩人たちは夭折するんじゃない
ただ早く老いるだけだ

孤独の氷塊を

アルコールに溶かし
泳がせ　砕き　飲みこんで

碇でも蛇でもハートでもない
けっして消えない音を

ブルーの八分音符を一個
左肩につきさして

グラスの底からたちのぼるのは
倦怠と冷たい煙と灰のまじりあうにおい
くちびるにとどくには弱々しすぎた
しずくが一滴
跡を残すのにつかれて
グラスの表面で乾いている

Rose

「夜のない夜」
白夜の国　フィンランドから
葉書がとどいた

twitter は　からきしだめ
e-mail も　よくさぼるので
手仕事の呼吸がうれしい

この国には靴の草と呼ばれる植物があって
女たちはそれを靴のように編み
トナカイの皮のブーツのなかにつめ敷きます

どんな履きごこちだろう
草の温もりが純白の輝きと響きを踏んで
暮らしは厳しくも雪毛布みたいにふっかふか
むすびに　自生の薔薇が添えてあるのもいい
ユハンヌスタイカ
名前にもすずやかな残り香がある

＊juhannustaika：フィンランド語で「真夏の魔法」

一本松は残った

目の前には残酷なほど美しい海
うしろには錆びた屑鉄と無の風鳴り
もし痛覚というものがあるなら
髪の毛先にまで　痛みがあった
なぜ　あなたひとりが　残ったのか
三百年の松原の兄妹は流されたのに

なぜ　あなただけ　別れをえらんだのか
枝葉を涙のように枯らし　丸裸でも
この星の骨のように大地をわしづかんで
毎年　ブルーグリーンの汀で遊んだ
見えなくなった　幼な子たちのため
白い潮騒と溶けあった善男女のために
あなただけは　はり裂けなかった
あなたは言葉をもたない　けれども

言葉をこえたかなしみは勇気にも変わる
あなたは小鳥とおなじ　明日を呼ぶ楽器
天があつらえた　まっすぐな音楽

月の犬

乾いた凍土に舌をたらすと　犬たちはハアハア
歩きまわり　つぎつぎ荒野を生みだしてゆく
空になにか白いものを見つけて　彼女は
　　それを月だと教わった
　他郷の響きにはアドレスがない
昨日の白が裂けて　耳鳴りの内奥から
まあたらしい月が咲きだす　世間とは肌理の
つながりで生きていく　それだけ
　都会のスーパーから部屋に帰る
仏壇に飾られた遺影　徹底された無言

ボイスレコーダーの電子音と
紙がふれあう音　母が子の爪を切る鋏のリズムが
ぱちん　ち　ち
ぱちん　ちち　ぱちん　ち　宙に
鳥たちのさえずりや羽音みたく漂っていた

無音の霧のなかで耳をすますとどうしても
だれもいない村に帰ってきてしまう
黒とブルーの防護服に身をつつみ
白いマスクとヘルメットで顔をおおった作業員たち
屋敷門のある築二百年のタカん家は除染車により
しゅー　しゅー　茅葺屋根から丸ごと
薬液を吹きかけられている

二年と三月の不在の力学　あわあわした黄色の
穂先たちが　ビニールハウスの

天井をつきやぶり　パイプ鉄骨をもちあげていた
　牛たちの消えた牛舎には
　黒いビニール袋の山が積みあげられている
六月の田畑は一面　シロツメグサの静かな白い瞳で
　きっちゃんが後を継いだ駄菓子屋は
　「資材館」とひとことそっけなく
看板があり　児童公園は銀色のタンクの林になった
　雀をガス欠にしてやるんだと息巻いた
ＢＢ弾のレンジャー　ピアノが上手で礼儀正しい
ミツコはどこへいった　家の前をとおると
　野球中継と喧嘩と猫の声が
　とびかっていたサエキ兄弟は？
遊び仲間のいる十字路で　するどく口笛を吹いても
　夕方の陽気な世界に飛びだす子は
　ひとりもいない

幻種の蝶のように　家々の戸板にひらひら舞う
　避難先住所とケータイ番号は
奪われたどの未来や過去にもつながっていない

酔ったコガの爺さまがテレビカメラにいいはなつ
　あんたらはねえ　瓦礫　瓦礫いうけど
わたしたちの先祖代々が暮らした家なんだ
　おれにはいえん　そんなふうに
　いっちゃあ　いかんよ
　よどで　ばらばらになっても
木っ端になったって　ふるさとですから

　それでも彼女は泣いたのではなかった
泣くこともできないくらい深くかなしんで
体から透明なしずくを一粒あふれさせただけだった
　ふるえる　水という音響伝達器

涙は語るのだ
そのあまりに密やかな音は
どんな言葉にもとどいてはいないけれど

若い母親は　みなし児になってしまいそうな
記憶のささやきを急いで抱きしめる
ぱちん　ぱちん　ちち　ぱち　ち
雨がこわくて眠れない子を安らぎにみちた
鋏の歌で　抱きしめるみたいに

左手の小指から順番に　ゆっくり　慎重に
まちがえずに　爪切りを動かしていく
もうすぐ　こんなふうに　ていねいに
切らせてはもらえなくなるから

おさない爪はまだやわらかく　澄んでいて

鋭く輝く刃をあてるとかんたんに
はなれ　こぼれ　いくつもの透明な月が
海も潮騒もない連絡ノートの
まっさらな水平線にはらはら落ちてゆく
夜の底に
このひとときを封印する
鍵音のように響いて

＊よど：東北地方の言葉で津波のこと。

小鳥たちの手紙　A famille Guillot et Miyu.

（2014.10.23）

前略　三年ぶりのお便り
ほんとうにうれしかったです
とてもなつかしくて
文字通り
何度も　貪るように読み耽りました
返事が遅れてしまったのは
きみの書いてくれた手紙をここ
フランスのへそにして
漂鳥の都

ブールジュにエアメールで転送してもらったからです
子午線のこちら側はＡＭ２時
一時間ほど前にベッドにもぐりこんだのですが
きみの手紙を想うと眠れず
ヴァン・ショー
（シナモンスティックをいれたホットワイン
お隣の葡萄畑で収穫したもの）を注いで
紙のレコードを聴くように
もう一度
きみの音信を聴きかえしています
時を運びつづけているような
雨音がやみました
夜空にはためく巨大なアンドロメダ
天のしずくがくばられた
畑の葡萄は眠り
つぶらな夢を見ています

（2014.10.24）

きみが再び鳥を飼おうとしていること
それも気性も歌も濃やかで飼育のむずかしい
翼の折れたエナガを育てようと
決意されたとの由　とてもこころづよく
ご報告を読んで胸がいっぱいになりました
ぼくが日々机にむかう石の窓辺からも
たくさんの野鳥たちが見られます
日本のセッカ　メグロ
ヒヨドリに似た鳥たちが
庭に生えたオリーブを
つぎからつぎへ「音ずれ」ています
春までは咲かない
卵形の蕾を啄みに争ってくるのです

それともガラスのむこうで行住座臥する
ぼくを視察しにくるのでしょうか
ときおりミッドナイト・ブルーのインク文字から顔をあげると
芥子粒大の瞳と目があいます
石灰岩の家や鉄骨ビルといったものに
みずから囚われ人となりにはいる
気の狂れた生き物
人間を見にくるのでしょうか
ぼくの目を覗きこむ鳥の目は
人倫を逸脱した生物だけが見せる
鋭い理性の光をたたえています

（2014.10.25）

「川をうらんでいません」という
きみの言葉に

ぼくにはかけるべき言葉が見つかりません
ただ涙だけが流れました
しゅうしゅうと泡だった
海水が茶色い濁流となって川を遡上し
子どもの頃から遊び相手だった川が
まるで別世界の生き物のように
お母さんと妹さんを呑みこんでいった
そのまっ白な星の黙示を
すべてではないにせよ
　　　　　赦そうとしている

きみの勇気の後で
詩人なぞになにが書けるでしょう
今夜は黙々と
グラスをあげるのみです
耳底でかすかにしめっている潮騒に
ペンの嘴をひたすこともできずに

（2014.10.26）

ぼくらの影はいつも
渡鳥たちの翼のしたにある
いつだったか
きみはそういってましたね
日本語のなかの
「ふるさと」の緯度を
これほど正しくいいあてた言葉を
ぼくは知りません
（万葉の時代　〝古里〟は
〝荒地〟を指したそうです）
きみの暮らす北国とここは
ちょっと似ているかもしれませんね
影の弾丸が谷底をかすめると

水琴のような鳥の音がたちのぼります
かれらのやることといえば
感覚的でも抽象的でもある快楽を生みだすこと
非言語をふるえる空気へと変形することぐらい
二羽のキアオジが鈴懸の幹を
目くるめく連続音の螺旋で巻きながら
追いかけっこして
消えてゆきました
いまのは
きみが教えてくれた
「鳥のリトルネロ」でしょうか
あれはイタリア語で
ritornello
いつか帰ってくる
という意味らしいですね

（2014.10.27）

朝焼け空の
白髪みたいに
月がふるえています
人のまばらなマルシェで
氷帽の山村から
山女魚と杏のテリーヌや
栗の葉のチーズを売りにくる
ジプシーの面影を宿した少女の肩に
ノスリがきてとまる
そこでできる
ぼくらの均衡
つかまえられた声の泉は
まだ囚われていません

ピル　ピルルル　ピョッピョ
ピウィー　ピッピ
頭のいい野鳥ならではの
複雑で美しい歌と節まわしを
詩人なら
十二音綴（カエスーラの訳語がないので…）の詩にしてしまいそうですが
小鳥たちの鳴き声は
手紙にこそ似ていると思うのです
手紙の言葉は　一字一句
句読点　余白にいたるまで
すべてが
出発の合図だから
異邦の白い日曜日
便箋の波間を漂う
ペンのなかで
きみが望むのは話しつづけること

ぼくは沈黙だけが可能だと思う
紙の空でだけ
響かせることのできる
正確な和音を期待するなら
ぼくはきみに読まれることのない
手紙を書くために
ひとまずペンを措かなくてはなりません
きみの裸の言葉は
水平線にぱっくりくわえられた
オニアジサシみたいだ
紙の釣り針を
舌先（ラング）にのせて
言葉（ラング）になんて
なにひとつ興味もなく
電話が切れる瞬間は
音も空気もない死の世界ですが

手紙の空でなら
ふたりの話し声の
中断さえ　うたいはじめるでしょう
小鳥たちの歌は
やんだ瞬間に
すべてが聴こえてくるのですから

蝶と電車

A Butterfly Funeral
蝶葬　という言葉のほんとうの意味を
だれか教えてくれないか

最終電車のスパークが闇の柱に
青のリボンをゆいつけて走り去るころ
ある　傷口のうえの音楽のようなものが
ひらめいて　夢の瞼をいきなり切り裂き
目がさめてしまう　あれは　ぼくがまだ
バックパッカーの青年で　ホーチミン市を旅していて
猫みたいにかたちをもたない　老バーテンダーと

彼のバーに出逢ったときのこと
その店と通りの名は忘れてしまったが
店内には仏花の甘い香りが漂っていて　暗さに目が慣れてくると
紫煙で霞んだ水楢の重厚なカウンターの対岸に
おそろしく場ちがいなものが見えたのだった
それは蝶たちの骸
何百もの額に納まった蝶たちの標本だった
ぼくは思わず息をのんだ
翅をひろげた色とりどりの蝶たちが音もなく壁にはりついて
永劫の時の流れに翼を休めている
ちいさな正方形の木箱がチェス盤の目のように正確に壁にくみこまれ
ひとつひとつの箱に数羽の蝶がピンでとめられ　したに紙片がはられていた
紙には蝶の品種・採取場所・日付が瑠璃色のインクで記されていて
仔細にながめいると　ウスバキチョウ
ヒメウスバシロチョウ　アオスジアゲハ
ルリタテハ　キベリタテハ　クジャクチョウ

ヴェトナムからハイティーにいたる
黄緑の大きな蝶や蛇ノ目をした茶紋　太古の貝殻のような翅の蝶もいる

耳のなかでメキシコ・ミチョアカン州の晩夏の海辺の光景がよみがえった
それは海をわたって飛来したオオカバマダラの大群だった
空をうつろう橙色の花畑が　死に場所をもとめ
カリフォルニア州北部の断崖から遠い故国まではるばる飛んでくる
あれだけ短命で　記憶にとどめるべき思い出もないのに
孵化した蝶は見たこともない故郷にかならずもどってくるのだ
そのとき飛来した蝶の大群は
一本のハリエンジュの樹をおおいつくして燃やした
蜃気楼に裂かれる幻の紅葉　風にキスする樹霊の睫毛
枝は数百万もの翅を一挙にひらつかせている
それは　だれかに開封されるあてもない
別世界からの手紙のように
言葉では書かれない一篇の詩の根源を消印していた

南国にいるにもかかわらず
ぼくは店の照明がとても暗いことに気づいた
すべての色彩を混ぜあわせると漆黒になるのといっしょで
色鮮やかな蝶たちの光沢はかえって光を奪うらしい
せまいバーには精緻な色模様の翳りと集約された光の谷間で
まばゆいばかりの闇が生じていた
ふいに　軽い響きが　スツールの底からせりあがってきて
地中から蜂の羽音のうなりがつづき
耳をすますと　グラスがかすかに触れあう音が聴こえた
「店のしたに地下鉄が走っているのです」と老人がはじめて口をきく
すぐに反対電車がやってくると
かえって店の静けさが深まる錯覚にとらわれた
それは　ぼくにとって　なぜか
かがやく鱗粉をまとって息をひそめている
数千匹の蝶の死骸に埋もれてゆくことを意味した

電車がとおるたび　いや　老バーテンダーがシェーカーをふるたびに
蝶の翅からは　こまかな鱗粉の微粒子が落ちてくるだろう
翅の色はだんだん薄まり　世界のちいさな片隅があかるみをとりもどす
ぼくは老人の首筋に黄色い痣があるのを見つけた
左耳朶のした　顎の蔭になっているあたり　マンゴー色の
そこだけが歳をとり忘れたみたいに艶やかで　すべすべしていた
蝶のかたちだった　翅は左右対称で
精妙な曲線をえがき　二本の触角までそろっていた
酒をつくりながら老人は首をふるわす
それにあわせて蝶も翅を動かすが　飛び去りはしない

ふたたび電車の近づいてくる気配がした
強くない振動がはじまると　蝶の翅がいっせいに動いている感覚に陥る
壁面の蝶と鏡のなかの蝶を交互に見ると
蜂のうなりが足元からのぼってきて　バーのなかはいっそう深閑と眠り
蝶たちの芥子粒よりちいさな目がきらめき

息を吹きかえして翅をふるわせはじめる
萌黄の紋に散った朱が　黒へと渾融する緑と藍が　からし色の翅が
ふるえはじめた　死んでなお
幻の故郷へ飛び帰ってきたみたいに

＊ a butterfly funeral　ヴァージニア・ウルフの小説『波』のなかの不思議な一語。

雪わりのバラライカ

管啓次郎さんに

さっきの蚤の市で　六百ルーブルで買った
ミリタリーブーツをさわる
羊歯がその凍った波音で　ぼくを
地面に呼びもどそうとする
見たこともない小鳥たちが鼓動一回分だけ
たちどまり　雪道のうえにも
蜃気楼をつないだ　森には
いつだって　極微の伝説が生まれる
北極星の星穴　雪をかぶったマイヅルソウの
まさにいまこれから
舞いあがろうとする銀の葉のうえに見つけた

タケネズミ一家の
移動の足あと　森は静けさの喉の奥で
かたちのない変身への第一声をあげる
留学生だったサーシャは自然観察用とおぼしき
古びた露日辞書のページを
鹿革の手袋をはめた無骨な指先でめくる
彼女はいま言葉のハンター
ロシア人特有の　やや度がすぎた几帳面さで
辞書の銃眼から森をゆっくりにらみ
ページをわたる風を計測し　あれは　モミ　です
とおごそかにトリガーをひく　たしかに
トドマツはモミ属　これは
ホボーシュ　イノシシがよく食べています
トクサはロシア語でホボーシュ
東北の水辺でよく見かけた頭のないアスパラガス
ムーミンのニョロニョロに似た青臭い茎が

耳もとに浮かぶ　ぼくはなんだかうれしくなって
道々　ホボーシュ　ホボーシュ　と口ずさみ
やがてうたいだしながら　歩いてゆく
じゃあ　この胡桃は？
ええ　それは　マンジェルノ
マンジェルノ　マンジェルノ
なんだかおいしそうな名前だね
はい　ウオトカに三年漬けると
ふわふわのお餅になっておいしく食べられます
森の奥底から通奏底音のような
ボォホウ　ボォホウ　という鳴声が聴こえる
あれはなに？　あれは　ええと
鳴かないウグイス　ですね
こんどは　鳴かないウグイス！　ぼくはその
日本語には存在しないじつに詩的な鳥名に
びっくりしてしまう

いいえ　いいえ　待ってください
やっぱりカッコウ　カッコウ　です？
断言と疑念がいりまじる　八割方は幽霊的な構文が
日本語だとすんなり意味がとおって
聴こえてしまうのだから　なんだかおかしい
カッコウはそんな声では鳴かないよ
そういえば昨日　赤の広場からの帰り
湖畔のサウナ小屋（バニヤ）で地平線を刻々きざんでゆく
黒い太陽を見つめながら　長い睫毛を伏せがちに
きみはこんな話をしてくれたっけ
わたしたちロシア系ユダヤ人は
伝統として物や樹や雲や　小石の物語を
聴くのです　ですからクラースナヤ
プローシシャチを訪れると
ついあの　あざやかな朱の壁たちに
どんな音を聴いたことが

あるのか　尋ねてみたくなります
ぼくはといえば　そのバスタオルのしたで
大きくふくらんだ　きみの乳房と
寒さでそり返り　怨ずるようにとがったものが
どんな音を発させるのか　気が気じゃなかったけど
ねえ　サーシャ　音というものは
いつだって　ぼろぼろの幻をはりつけた
魂の内壁にすぎない　それでも
ぼくの耳の外にあるやわらかい月
そのオウム貝のうえで
鳴かないウグイスたちが
ここでも彼方でもなく
つぎつぎ孵化し　羽ばたきはじめている
詩人としてのぼくの祈りは
言葉が裸にされてしまうこと
文字が音符にまで解凍され　奇妙にもまぶしい

無音の国際音標文字であること
括弧だらけの枯れ草のうえにちらばった
スグリの紅い実と折れ枝の通信録　突風のごとく
上昇するオオアジサシの群れが巻きあげた
粉雪は　森の十字架に見える杣道の十字路でぶつかり
七色に音声変化する　でもさ
鳴かないウグイスって　ほんとうに
ロシア語にいるの？　彼女は雪水の清流につかった
ヘビイチゴを思わせる　冷たく熟れた唇を
とがらしていう
だって　辞書にそう書いてあるけん！

運河の練習生　Amsterdam, 2007.

Lied 3

通りを渡れば運河　坂をのぼっても
ブティックの壁を照らすのも運河
水琴窟というより
世界は一本の複雑な水道管みたいだと
ぼくらは毎晩カフェで論じあった
飾り窓の紅いボンテージを撮影してはだめ
クラクションとカモメの音声ナビ
五カ国語を話す花屋のおじさん
音楽院の窓からはソナチネが水とともに流れてくる

Zwart roodstaart と打つと電子辞書が
クロジョウビタキ　デス　と
機械の国の声でさえずった
hoy hoy hoy と応えたのは
なんとヒヨドリのアルト
子午線のむこうのバードコロニーでは
小鳥たちも異邦の歌に染まるらしい
川の国の子どもたちよ
鳥の名なんかおぼえなくていい
草も虫も光も　ひとつひとつが命で祈り
耳管に氾濫するシグナルだから

Lied 2

「ベルギーとオランダの町は
周囲の土地を水浸しにして身を守る」

一六一二年にジョン・ダンはそう書いた
アムステル川を縦糸に
涙の塔のむこう　中央駅から
放射状にそそぐ運河は
蜘蛛の巣を半分に割ったかたち
声が水の糸を走ってきて
石と組木でできた家のなかにさえ
水音がしのびこむ
地獄からの電話みたいに
それは遠くから聴こえてくる
ひた　ひた　燃やせ　燃やしちまえ
鎖でつながれた犬たちが
「神の水路たる厳格な神学者たち」の像や
街の境界線をこえ
何ブロックも先の空間でいいあらそうみたいに
大人たちの逃げ場は寝室とバーだけ

夜の駐車場で
海釣り帰りのエスヘルが見たんだ
今日失業した外国の船乗りを
バイカーたちが蹴りあげ
ホイールの銀流で死者の顔が歪んで笑うのを
少年たちがもてあそぶ
バタフライナイフのブレードにも
波がすべり
濡れたような光がまつわりついて

Lied 1

川に浮かんで静かに和音を食んでいる
ボートハウスでハシッシュをキメながら
ポーランドの亡命詩人ドミニク
ドゥミトリ・ヨハン・オーフェルマース

きみはこう語った
おれの国の哲学者コワコフスキは
善と悪についてとてもきびしい見方をしている
悪は悪であり
社会状況や戦争
麻薬からはけっして生産されない
悪はただ全面的に人間という雪と岩から
混沌から　芽吹いて育つ樹氷なのさ
そいつをおれたちの言葉で
無限豊穣の法則っていうんだ
ポーランド人には定冠詞も不定冠詞もない
この運河みたいにね
宇宙は黒々とかがやき
ぼくらは世界によみがえって冷たい水を呼吸する
エッシャーの描く巨大な鱈になって跳ねたら
街は飛散し

風のなかの火花になった
あらゆる水が燃えている
星だけが動かない

Lied

鳥瞰図　いや聴管図というべきか
アトリの聴力は人間には考えられないほど
すぐれたものらしい
それはきっとマクロとミクロを
同時に知覚できるような
花が種をみごもる音や
ノネズミの小便の音に
きみ自身が体をひたすように感じられる
彼方で誘ってやまない北極星の光が
内界と外界の境をこえ

きみ自身の内側で瞬くのをとらえられる
それが越境ということ
他郷へわたりつづける刷りこみのある種族には
だれかをいたぶる快楽も暇すらない
昔のロマみたく　無数の手跡　息
日常そのものが移動する
あらたに生れた声が先をいそぐ声のつぶてにぶつかり
歌の万華鏡に散らばって
川と川がつむぐ世界を
どんどん遠いモザイクにして

見えない波

古川日出男さんと旅の仲間たちへ

1

残響から残響へ　肉眼は旅した
なんだろう　あの声の火山
無数の指輪がぱっくりあいた
傷口みたく光を捕らえ
波のした一面で堅く口をひらいて

2

「時は敗す」（W・A・モーツァルト）

海底に眠る廃工場を酔いどれ舟はすぎて
耳を襲いつづけるのは
ピアノ協奏曲イ短調 Op.54 への
乾きにも似た郷愁
Allegro affettuoso
あかるい長調の光のもとでおこる出来事が
甲板でステップする耳もとでつぎつぎ
にがい味わいの短調へころがるだけで
痛烈な浮遊感がおれを波間からひきはがす
おれは　もう肉体のなかでは死ねない

3

言葉は音を聴くだろうか

生活の音
どこからくるとも
だれのものともしれない波
日々の雑多な転調
偶然の音楽を
まるごと抱きしめられる耳を
もっているだろうか

4

龍泉洞のハシボソガラスが
うたい跳ねるよ
鉄骨につぶされて
ばらばらに飛び散った
黒鍵で遊びながら

カァ　カァ　カカカ
オン　カカカビ
サンマエイ　ソワカ

おれは廃校舎の音楽室で
すっ裸でピアノを
弾くのだ
それがおれの祈り
ギザギザのバッハを
弾くんだ

5

イギリス海岸の朝　鳥の口のなかからおれの瞳がひらく
外耳から鼓膜をふるわせ

膜のむこう側には　水の傷痕
空気のつまった迷路　中耳腔があり
増長しつつ三つの骨へと運んで
　つち骨（Hammer）
　きぬた骨（Incus）
　あぶみ骨（Stirrup）
音の中心にはいまも手仕事がある

6

五線譜の高みをこえて
長須賀　片岸　大緒の浜と海
水平線さえもとざすような
マンモス護岸はどんな海潮音から
耳を守ろうとするのか

7

自分の第一声を書いた者はいない
思考も五感もとどかない
ギガ光年先の軌道演算
複雑怪奇な無調オーケストラの
純正律は正確に語れても言葉は
産声
初めての発声を聴取したことがない

8

ホシガラスの舌よ　裂けよ
ツノメドリの舌よ　裂けよ
エトピリカの舌よ　裂けよ

叫ぶことができるのは
舌のない世界
耳聾の痛覚が編む雪崩れた氷河湖だけだ
紙のうえで凍りつく文字だけだ

9

音もなく見つめかえす
コケモモの瞳

ラブラドールの元盲導犬
ジーナが保管施設のケージから辻説法する

音量の単位デシベルはゼロからはじまり
これが人の耳に聴こえるいちばんちいさな音

弦楽協奏曲は35dB
女川の鈴虫たちの合唱は8dB
ツリスガラのソロは50dB
人が会話する声はおおむね60dB
離陸するジェット機の爆音は150dB
人間の耳にそれは
木の言葉　水の言葉　火の言葉の
約千兆倍の音圧に聴こえるのだという

10

赤セーターを着たキンパラが
クルモノマレナリ　と
芦の光の穂先で独り鳴きしきる
その鳥は竜宮伝承の異説を唱えて

脳が自動翻訳する無辜の歌は
おお　語か詞か
きみがうたうのも
人間の言葉の異常性なのか

そういえば
「鳥」の梵語名は「バスバンドゥ」
その意味は「どこでも見かけるもの」

三千大世界の輪廻をわたり飛び
遍くにじみ　さわぎ
今朝もこの世で鳴いて　音ずれている

11

——赤阪友昭さんに

静物とはなにかというと

人間が置いてたち去ったもの
そういう存在領域のことだ
眼の呼吸が聴こえる写真
友さんのローライフレックスが撮る
鹿島区の枯れ澤に去年から
ミズアオイ
イバラモ　マツモ
絶滅危惧種の沈水性の野草が帰ってきていて
橄欖の樹には月ノ輪熊のかき傷
オオカラモズたちの早贄
地獄の季節外れのイボタノキは茂り

肉体にはいつも美しい客がいる
ここは心臓の鼓動が聴こえる土地
だれもこなくなった無音の水辺にも
白鳥の足跡だけが　厳かな言葉として息づく

人間はたちまち追いやられる
狭い頭蓋へ
物の光が射し入ってくるからだ

12

耳底に舞い降りたノゴマのラルゲット
チョロリ　チリリリ
全音音階による和音は増5度音程の頻出にみちびき
呪縛をやぶって主音と属音の緊張を
中和するよう炎上させた
四小節のなかにト長調からロ短調へと転身しつつ
ピューイ　チッ　チョロロ
声はダイナミックな上行の
帰還曲線へたどりついて飛び去る

13

広大な無人区から見あげる
牛飼い座もアンドロメダの光も
永存を誓われた名たちさえも
あまりにすばやく忘れられ色褪せ
よそよそしくなってゆきながら
星の海は失われた言語の一ページになる
人間よ驕るなかれ
おまえたちの言葉に未来形などない
おまえのもろく危うい言葉は本質的に過去形でしかないのだ
だから記憶から学び徹底して問いなおすことでしか
未来もいまもつかめはしない
忘れようと忘れまいと
文字たちの内側ではいつだって

過去がふたつめの心臓のように鼓動している
過去は理知がとどかない岩盤
re-volution とは
根源を巻きこんで前にすすむこと
おお　大地を這うエスカルゴ星よ!

14

七ツ森で
無伴奏パルティータニ短調
シャコンヌを聴いていると
音にも　味と匂いがあることが
わかってくる
木の葉が舞い　風が枝を打つ
舌をトリルする陽光のワイン
鼻腔のなかでアダージョのように

朽ちてゆく雨水と腐葉土の香り
初めて聴く北の小鳥
ジュウイチ　ジュウイチ
なにを数える歌なのか
ジュウイチ　慈悲心鳥の声
この千年の森こそ
魂とぴったりあう曲

15

音楽を藝術記号と
位置づけたのはハイドンでした
でも楽音が表現するものが
耳の感覚をとおしてあかされる
この世界の持続や深さや多様性でないなら

木や石　花や鳥　宇宙が
ぼくらの肉体そのものに波打ち
顕れでてくる光でないのなら
音楽も詩も必要ないでしょう

年季のはいったハイフェッツのＬＰを
レコードプレーヤーにのせながら
弦楽器職人は夏の錦秋湖に面した工房で
ゆったりと議論した

ガラスケースのなかには
湖のたまゆらを浴びたヴァイオリンたち
まるで日の射す秋の森のように
オレンジと赤と朽葉色にニスがかがやいて
光さえカンタータを奏でる

いつしか議論は無言へといたり
こころ静かに
木を削る音だけが流れてゆく
詩の行を削るみたいに

16

その黄金の一日
秋の巨大な夕陽が沈みきった後も
大荒沢の谷川はまっ赤に埋め火を燃やす
産卵する岩魚たちのレーダー装置
内耳の耳石は世代を経ても変化しない

化石とおなじ分子結合をもつ
四つのちいさな骨
平衡胞内にある白堊質カルシウムが

食物　棲息流域の養分
水質に関する記憶をみずからに刻み

０・５ミリ以下のケルト紋様に似た
極微の伝承の渦を巻く耳石は
砒素　トリウム　メタン
水銀　ＰＣＢ　アンモニア
放射性物質などの汚染物
河口に流れこむ廃水の成分を
遠い子孫たちに伝えるためにこまかく録音する

秋の太古の光が　レコード針

沈黙のまま響け
反書物性文字
すべては

耳のエクリチュール
声なき歴史となるだろう

17

たちまち体に冷たさを感じてゆきました　生半可な冷たさではなく
全身がばりばり凍りついていく冷たさです　体が音を
氷河の雷鳴を発している
恐ろしいほどの寒気のなかで　わたしは過去へと帰っていきました
鳥たちのリトルネロみたいに
わたしを巻きこんだ波は　すさまじいスピードと
猛烈ないきおいでさまざまな光と音を　体内に影絵のように映しだします
一滴の母乳を口にしてものを食べる一生にみちびかれたあの瞬間
獣　鳥　魚や花や草を殺生して命をつないできたこと
家庭をつくって守り　ふたりの娘を育ててあげたこと
目の前を流れすぎていく映像はひとつひとつがわたしの悪と善の行いでした

単純な道徳ではありません　自分の生命が染めあげた毒と
それとは正反対の清浄なものが　耳についてはなれないひとつの音のように
わたしをつかまえたのです　それは悪と善の成すひとつの結晶体でした
鯨に飲ませ吐きだされたような泥まみれのベビーカーが眼下に見え
気がつくとわたしは　家も車も電柱も飲みこんだ一筋の濁流を
鳥瞰しておりました　そこにわたしの姿が見えないか
必死にさがしておりました　その瞬間の苦悶とさみしさは
いまでもよく憶えています　あれは俗にいう霊の体験でしょうか
きっとつかのま　わたしは死んでいたのでしょう
あのとき果てしなくつづくかに見えた　得体のしれない悔恨をつれて
飛び去り見えなくなったもの　肉体をはなれていったもうひとりの自分は
いったいなんだったのだろう　わたしはあれを魂という怪物
生きながら死後もひとをあやつるものとは　思いたくありません
あれは　わたしの　生命そのものだったのではないか
こころに抱いただけにすぎない　怒りや慈しみや愚かさや望みの結晶が
命そのものにくっきりと刻まれ　けっして消えることのない烙印となって

死に赴くわたしを打擲したのではないか　生きていることと死んでいることは
おなじひとつの結晶かもしれない　死によって生命のすべてが
消え失われるという考えは　人間の傲慢な理性がつくる錯覚であり
あのとき別れた自分は　肉体も精神ももたない命となって
宇宙に溶けこんでいった　そう感じているのです

18

La Mer　海よ　母よ
ホーイーン　ホーイーン
夜の仮設病棟に波打つ
声のゆり籠に抱かれながら
胎内にちいさな奇蹟が音ずれ
赤ちゃんがいのちを宿すと
彼女はすぐに話しかけたという
ほら　かわいい子

北からダイシャクシギの
群れが飛んできたよ
もうすぐ　あなたも
ここにやってくるね

19

失聴した音の詩人（トーン・ポエット）
ベートーヴェンとフォーレは
耳の瞑黙で視ること
記憶を深く　聴く
海の修練によって
音楽をよみがえらせようとした

20

Farewell to philosophy—Gavin Bryars

音楽の拍子　詩の韻律にも
短いモティーフやリズム　テンポがある
音ずれるものがある

キタキツネの
春の足跡のマズルカ
アンズタケの夏の妖精環
草紅葉のコンポジション
ヘラジカの枝角の先に咲く
レンゲの花芽と樹氷が
奏でる雪片曲線

生命のように凍らない水
ウィスキーがそうであるように

競馬場の聖夜

そこで臥している人の
顎から耳にかけての影を見つめる
シーツの白い砂丘に透けてしまうほど
ずいぶん痩せて薄い影だった
二十年近く会っていなかった親友の寝顔は
ぼくにとってはもう見知らぬ他人にしか思えない
付き添う妹の横顔も
かつての面影さえたどれなかったが
結局おまえとは本物の馬を見なかったなという
おかしな感慨が記憶とともによみがえった

おとなしい男だったのに高校三年生の秋から
ぱったり学校にこなくなって卒業式も欠席
家出して女と暮らしているという噂も聴いたが
数年後　池袋で子どもの手をひく姿を見たという目撃情報もあった
昨日　深夜一時五十五分　通報をうけた飯田橋派出所の巡査が
マクドナルドの紳士用トイレでたおれているKを発見
救急車で搬入後　レントゲン検査をしたところ
左肺上葉に鶏卵大の空洞が見つかったという
妹によれば
Kは大手電機メーカー工場に業務委託契約社員として就職
残業代とボーナスのでない毎月定額二十万円の給料だったが
三年前からグループリーダーに昇進
日本語を解さない遅刻しがちな中国人やベンガル人工員の面倒をみながら
繁忙期には休日もなく寮から出社しつづけたという
メーカーの都合で全工員リストラが決まると
半年間を期限に退社と退寮を通告された

それから発見時までの消息は杳として知れない
深夜のマクドナルドで寝泊まりするほど
窮迫したのはたしかだけれど
身元確認時の所持品はすりきれたキャンバスバッグ
爪切り鋏と洗顔用品
数枚の下着
マンガ喫茶の会員証と文庫本　ノート
期限切れの健康保険証　年金手帳　千円札三枚
人好きするおだやかな性質と
水たまりのなかの
靴底ですり減った月の魂
それがKという名の社会的漂流物を構成するすべてだった
Kとは学校の外でもよく遊んだ
ぼくらはとある日曜日
大井競馬場前の朝からあいている居酒屋で落ちあった
金もないしギャンブルもきらいだったが

競馬場という
喧噪と静寂の不思議な反復で綾なされた
孤独な広場のそばに身をおいて
酒を酌みかわす日雇いたちをまねたかったのだろう
いかにも子どもっぽい遊び方だった

小糠雨が
広大な馬場全体からたちのぼる野太い咆哮に
おおいかぶさりながら
上空からさしこんでくる薄金色の光にまみれ
銀粉のようにゆっくり渦巻いている
そんな音と光に耳をすませて
ぼくらは呑めないワンカップ丸眞正宗に黙って口をつけた

あの病院の帰り道から六年が経ち
ひさしぶりに競馬場が見たくなって
パリを横切りタクシーを飛ばした

ユーロ圏では公共事業の乱発と金融政策のバブルがはじけ
デフレと物価上昇によって中産階級が崩壊
氷点下二度の石の路上に母親がうつ伏せにたおれていて
フナックのドアの前で浮浪児の姉妹が物乞いをしていた
こうした光景にひとびとは慣れすぎていて
だれも助けようとしない
広場という広場にはノエルの煌びやかなテントや旗が風になびき
パリにはまるで翼が生えたようだった
それから　ぼくは森のなかの宇宙船みたいに
青白く発光するナイター競馬場の場外スタンドで
呑みなれた銘柄よりにがくて重い
ベルギービールと生牡蠣をたのんだ
おがくずを敷いた木の床は貝殻でいっぱいで
ロックの騒音が鳴りやむと
乾いた鞭の音と騎手たちのかけ声と
全部をあわせると数トンにおよぶだろう

巨大で精緻な生き物のたてる地響きが
はねあがる泥と怒号と詠嘆の塊のなかから沸きおこって
静かな雪の宵にたちまちかき消された

思い出のなかの友だちはもういない

ただ少年期の奥底にしまい忘れた音だけが
皮膚のしたでくりかえし粒だち
ゆれては　はりつめ　光って
酩酊したかなしみに寄り添いにきてくれる

ぼくはそれを三ラウンド聴いてから
たち去った

ネザーランド

ひとの声の響きには
なにかしら驚くべき音楽がある

桜にそっくりな
アーモンドの花吹雪の舞う朝
彼女はさえずるように
コンクリートの氷野をわたっていく

Vaggedoek
Spruw
Maddarijin eend

先天的孤独症と診断された少女が
口にするのは鳥の名前だけ

十七歳のリンカは
まだ言葉を学んでいないから

生きるためにはどこかに
想像上の錨がなければならないのに
時空に対する知覚と感覚が交差する非在の場が
その交差点で
ぼくときみはおなじ
異邦人だった

ホオジロ
ツグミ

オシドリ

名前のなかの小鳥たちは
軒下の闇から
朝陽と沈黙のなかへ飛んでいってしまった

とらえがたく　物静かで美しい

小鳥たちは陽光にきらきら燃え
光に焼きつくされてしまいそうで

肉体を失い　透きとおり　儚い
光の散乱のようなものに
変わってしまった

異邦の灰になった二重の母国

ネザーランドで

本の音

本を読まなくなって
どれくらい経つだろう
ぼくは　本の音を
聴いているだけ

Marantz TT20 から針をあげ
真空管アンプの電源を落とし
金木犀の香りのするハイランドの
スコッチをマグカップに注いで

背もたれの堅い木椅子に腰かけ
ペーパーバックをひらく

三日は剃っていない
銀色のまじる無精髭

防音ガラスの窓の外を
くるくる舞う枯葉

秋のセントラルパークの宝石
ルリビタキの羽音の泡

倒木のくず木にまぎれて
ひげをゆらすカミキリムシ

シナノユリノキの葉に帆をはる
ヤマギチョウの蛹

夜露に濡れた草地で
深い眠りにつく黒曜石

おわりのない闇の軌道で
なお冷えつづける新月

広告板の裏で消失を遂げる
セイタカアワダチソウの黄色い群落

水鏡の北極星の横でまどろむ
池底のサンショウウオ

吐く息のなかで氷の結晶が

かちかちぶつかりあい
「天使のささやき」と呼ばれる
音ずれが冬至の街にたつ
言葉は沈黙の胎内から生まれたのに
人は沈黙を書くことができない
だから　ただずっと
聴いていたい
ぼくらのものではない
この音楽を

あとがき

東京都心での仕事と生活につかれたのか、心因性の難聴を患ってしまった。以来、弱まった耳は、聴くこと、聴こえてくる世界の切実さを教えてくれている。

埼玉県の田園に移住したぼくをおどろかせたのは、野鳥たちの声。国内外の先達たちは「小鳥が笑う」と書く。ぼくはそれを詩人たち一流のレトリックだと考えていた。でも暁方の鳥たちは、ほんとうに笑うのだ。機械なんかつかわずに、世界中を目ざめさせる歌で。

発生から四年が経つ東日本大震災がいまも深くおおきな影響をあたえていることに、思いをあらたにせざるをえない。「月の犬」、「小鳥たちの手紙」、「見えない波」には被災者、避難移住者の方々のお話や言葉をそのまま反映させていただいたフレーズも多い。

小説家の古川日出男さん、詩人・比較文学者の管啓次郎さんに導かれたプロジェクト、ヨーロッパの五都市で震災について語る「見えない波」がなければ、この詩集は姿を変えていただろう。これらの作品はスロベニアの国際詩祭「Days of Poetry and Wine」をはじめ、フランス、イギリス、オランダ、スイス、アメリカで翻訳され、発表や朗読の機会をえた。仏訳者のP・Oさん、スロベニア語訳者のPrevedla Katja Šifkovičさん、オランダ語訳者のTakiko van Kootenさん、そして英訳者であり、本詩集のためにすてきな英語タイトルをつけてくださった遠藤朋之さんに感謝します。

オランダへの旅からはじまったこの詩集はフランスの漂鳥の都、ブールジュで脱稿された。滞在執筆プログラムに招いてくださったエコール・デ・ボザール、こころよくぼくと妻を受けいれてくださったギヨー一家に、お礼を。奥定泰之さんには前詩集にひきつづき装幀をお願いいした。

日本と海外で出逢ったさまざまな声と言葉、諸存在の音とリズムが、この悲歌にも響いていますように。

二〇一五年　初夏

本書には「詩客」（連載）、「孔雀船」、「資生堂 花椿」、「読売新聞」、「現代詩手帖」、「東京新聞」、「ユリイカ」、「Jetlag」、「Amsterdam Quarterly」（連載）、「Books: Das Magazin der Buchhandlungen von Orell Füssli」、「ＪＴＢトラベルライフ／Marantz in New York」の各誌に掲載された作品が収録されています。

耳の笹舟

著　者――石田瑞穂
発行者――小田久郎
発行所――株式会社思潮社
〒一六二―〇八四二　東京都新宿区市谷砂土原町三―十五
電話〇三（三二六七）八一五三（営業）・八一四一（編集）
FAX〇三（三二六七）八一四二
印刷――創栄図書印刷株式会社
製本――小高製本工業株式会社
発行日――二〇一五年十月三十一日